Croque la pomme

Les aventures de Mister Crok

Isabelle M-VEGA

Martinique
Océan
Atlantique
Guyana
Surinam
Guyane
Cayenne
Crokîle
AMAZONIE
BRESIL
BOLIVIE

I- Mon arrivée sur Crokîle

Lorsque je suis arrivé sur Crokîle, Mister Crok vivait seul depuis déjà longtemps, tout son peuple avait disparu et il était le dernier survivant de son espèce, sur cette île minuscule au large de l'Amazonie.

En effet notre « héros » :

(Il n'en est pas encore un à ce stade de l'histoire, mais ça, pour l'instant, il ne le sait pas.)

Notre héros donc, n'est pas un crocodile habituel car il est végétarien, il se nourrit exclusivement de pommes, eh oui ! D'ailleurs, il passe le plus clair de son temps à prendre soin de son verger. Ne manger que des pommes, me direz-vous, ce doit être lassant .

Eh bien pas du tout ! Mister Crok a en sa possession des tas de recettes fabuleuses transmises depuis des générations par sa famille, d'ailleurs ce jour-là, Crok savoure sa délicieuse omelette aux pommes, accompagnée d'une salade de feuilles de pommier, et en dessert, quelques beignets (aux pommes bien sûr).

Mais la grande spécialité de Crok ce sont les TARTINOPOMS !

Des quoi ? **TARTINOPOMS !**

J'ai eu beaucoup de mal à convaincre Crok de me donner la recette, mais puisque vous insistez je vais vous dire en quoi cela consiste :

C'est de la compote légère, enroulée dans des feuilles de pommier, qui sont ensuite roulées dans le sucre.

Une pure merveille ! Enfin, d'après Crok…

Mais je parle, je parle... Et je m'égare complètement, d'ailleurs je parie que je ne me suis pas encore présenté ? Mille excuses !

Je suis Adel la chenille ! Une chenille mauve et rose.

Okay, Je vous l'accorde ça n'est pas très masculin, c'est vrai … Mais il n'y a vraiment pas de quoi rire !

Je vous assure que c'est la dernière mode à New-York, comment je le sais ? Facile, j'en viens !

A part ça, je suis très dynamique, passionné par les voyages, et il faut le dire d'une intelligence remarquable.

Comment ? Si j'ai la queue qui enfle ?

Le jour de mon arrivée sur Crokîle « Ce trou perdu et minuscule », j'ai trouvé Crok qui taillait ses pommiers en chantant.

♪♫ « Croque, croque la pomme

Croque, croque la pomme !

Moi je m'appelle Crok ;

Et je croque la vie,Comme je croque les pommes ! » ♪♫

- Salut !

- Quoi ?

- Salut, je m'appelle Adel.

- Qui a dit ça ?

- Moi ! Regarde plus bas !

- Où ça ?

- Là !

- Ah ah ah ! Toi ? S'exclama Crok.

- Oui, je ne vois pas ce qu'il y a de drôle ?

- Excuse-moi, tu es tellement petit, et puis je n'ai jamais vu de couleurs pareilles.

Il me demanda :

- Je suppose que tu es perdu ?

- Pas du tout ! Et moi je suppose que tu es Mister Crok ?

- Exact ! Comment tu l'as deviné ?

- Oh ! Tu es le seul habitant de cette île, et c'est toi que je cherche.

- Moi ?

Un quart d'heure plus tard, Mister Crok et moi étions confortablement installés à l'ombre d'un pommier, en dégustant un jus de pomme bien frais. Mister Crok était inquiet.

Comment cette chenille new-yorkaise pouvait-elle bien connaître son existence et celle de son île ?

Crok me fit part de ses inquiétudes.

- Je ne comprends pas, personne au monde ne sait que j'existe, je suis le dernier d'une grande lignée de crocodiles.

- Oui, les « Crokus-Végétarius » !

- Quoi ?

- Écoute-moi, je suis en mission spéciale, je suis venu pour te donner des informations de la plus haute importance, qui concernent le fait que ton espèce est en grand danger d'extinction. Que sais-tu à ce sujet ?

- Euh ! Euh… Et bien pour commencer je ne suis pas un

« **Pollux qui a des puces** »

- Crokus-Végétarius !

- Oui, enfin si tu veux !

- Je suis un crocodile végétarien, je ne me nourris que de pommes.

- Oui tout cela je le sais, mais sais-tu d'où tu viens ?

- Euh ... Eh bien... Alors que je n'étais qu'un bébé, juste sorti de mon œuf, ma famille a débarqué sur cette île. Elle cherchait un endroit paisible et loin des humains pour pouvoir continuer à vivre. Hélas quelques semaines plus tard des humains sont venus, ils ont tout détruit sur l'île et ils ont capturé toute ma famille. Seul mon grand -père et moi en avons réchappé. Mon papy m'a expliqué pourquoi les humains s'en prennent à nous, et ce qu'ils font avec nos « peaux » c'est horrible. Mon grand-père était très vieux et il est mort quelques mois plus tard,

sniff…

Depuis trois ans je suis seul, hélas après moi mon espèce s'éteindra…

- Eh bien non !

- Quoi ?

- Si tu arrêtais de toujours dire quoi à chaque fois que je te dis quelque chose.

Si je suis là, c'est pour t'apprendre une grande nouvelle ! Ta famille est toujours vivante !

Quoi ?

II- Je l'appellerai le Flocro.

- Ma famille est toujours vivante, mais c'est impossible !

- Eh bien ! si absolument. D'ailleurs je les connais tous : Sir Crokus et sa femme Croquette, grand-mère Crokmitaine et le petit Croquet.

- Mes parents et ma grand-mère **ouah!**

Ce sont vraiment eux ! D'accord, mais qui est donc ce Croquet ?

- Ton petit frère, il a juste un an.

- J'ai un frère, c'est merveilleux !!!

- J'avais oublié, il y a aussi ta cousine Olivia.

- Oh « ô » Oliviaaaaa …

Ma cousine, la belle Olivia !!!

- Oui... Enfin si tu veux. Ils m'ont chargé de te retrouver, afin que tu saches qu'ils sont toujours en vie et que tu n'es pas seul au monde. Et bien sûr, pour avoir de tes nouvelles en retour.

- Et où sont-ils ?

- Au Zoo de New-York.

- Un Zoo, qu'est-ce que c'est ? Demanda Crok très intrigué.

- Une sorte de prison où les humains mettent les animaux en cage, mais ils sont bien traités.

- Mais comment sais-tu tout cela ?

- Je suis un détective privé.

- Un quoi ? M'interrogea Crok une fois de plus, sans rien comprendre.

- Il faut vraiment que tu sortes un peu de chez toi, tiens, voici ma carte.

Agence Adel-York

Filature en tous genres,
missions spéciales,
flagrant délits etc...

25 avenue chrysalide building
BRONX-PARK
Cheniyork (face au Zoo)
Tel: +344.388.

- Tu habites face au zoo ?

- Exact, je connais tous ses habitants et l'histoire de ta famille m'a toujours passionné, alors un jour, j'ai décidé de partir à l'aventure et me voilà. Oui, j'avais besoin de changer d'air, à New-York, je n'avais que des petites missions sans importances, Je commençais à en avoir ras-le-bol.

- **Le bol ?** Le bol de quoi ?

- Pauvre Crok, il faut vraiment que je fasse quelque chose pour toi.

- A présent.... Reste à savoir comment je vais faire pour pouvoir les retrouver.

- Que dis-tu Crok?

- Mais je ne pourrai plus vivre seul ici, alors que je pourrais être avec ma famille. Il faut que je les retrouve, et mieux, que je trouve un moyen pour les ramener ici. *Oh ! Ce serait merveilleux, recommencer une nouvelle vie ici sur notre île, Tous ensemble !*

- Crok ! Crok ! Tu n'y penses pas, mon pauvre vieux. Tu es tombé sur la tête.

- Mais Adel, après ce que tu es venu m'annoncer, tu voudrais que je reste là et continue à vivre comme si de rien n'était, merci de votre visite Monsieur le détective et au revoir.

- Mais Crok, c'est impossible !

- Non, je suis sûr du contraire.

- Et moi ce dont je suis sûr, C'est que tu as disjoncté !

- Quoi ?

Après quelques instants de réflexion, où chacun essaie de retrouver son calme, j'essaie en vain de convaincre Crok.

- Crok, je t'en conjure, il faut t'enlever cette idée de la tête, tu te rends compte de ce que représente un tel voyage et des risques.

- Mais toi tu es bien venu jusqu'ici et je suppose que tu as l'intention de repartir, eh bien je repars avec toi !

- Écoute, je suis venu en avion, je me suis glissé dans la soute à bagages jusqu'à Cayenne et ensuite, j'en ai fait autant dans un autre qui passait au-dessus de Crokîle, puis j'ai sauté en parachute pour atterrir ici !

Mais toi tu ne connais rien du monde et encore moins des grandes villes ! Tu risquerais de te faire capturer, toi aussi par les humains ! Laisse-moi rendre compte à ta famille de ma visite sur Crokîle, et puis, ensuite, peut-être trouverons-nous une solution afin que vous puissiez vous revoir.

- Et comment comptes-tu repartir Adel ?

- Je sais que tu es ravitaillé tous les Jeudis par « un bateau épicerie » qui vient de Cayenne. Je vais monter à bord et une fois à Cayenne reprendre un avion pour retourner à New-York.

- Je viens avec toi !

- Non !

- Pourquoi ?

- Parce qu'un crocodile ne passe pas inaperçu comme une chenille !

- Alors, je vais construire un bateau, assez solide pour aller jusqu'à New-York et assez gros pour contenir toute ma famille au retour.

Et je l'appellerai le Flocro ! Adel ? Adel ?

- Laisse-moi tranquille... Tu ne vois pas que je suis tombé dans les pommes.

Quoi ?

Dans les pommes ?

III- Le grand départ

Après une bonne nuit de sommeil, je me demandais si je n'avais pas rêvé, mais à en juger par l'odeur de pommes qui régnait partout dans cette maison, pas de doute j'étais bien sur Crokîle en compagnie de Mister Crok et ses histoires de Flocro. J'en étais à ces réflexions quand j'entendis l'incomparable voix de Crok qui résonnait dans la maison.

♪♫ « *Croque, croque la pomme,*

Croque, croque la pomme » ♪♫

- Pitié Crok, il est six heures du matin.

- Je suis trop excité et j'ai trop de choses à faire. J'ai déjà dressé la liste de tout ce qu'il faudra pour le voyage, environ :

100 kg de pommes
6 douzaines d'œufs
10 kg de farine
10 kg de sucre
2 matelas
4 couvertures
1 réchaud
Des allumettes
Une paire de jumelles....

- Tu crois que nous aurons assez de pommes ?

- Nous ? Mais Crok je dois être de retour à New-York dans trois jours. Et d'ailleurs, il n'est pas question une seconde que je te suive dans cette expédition ridicule.

- Comment ça, ridicule, je croyais que tu avais soif d'aventures ?

- D'aventures ! Tu appelles ça une aventure ?

- J'appelle ça comme je veux, Monsieur la chenille je sais tout ! De toutes les façons, ce voyage sera sûrement très long et je ne pourrai pas supporter d'avoir une chenille râleuse et défaitiste pendant tout ce temps-là sur **mon bateau !**

- Ah oui, et bien de toutes les façons, dans trois jours le bateau épicerie va passer et je repartirai pour toujours ! Et tu peux être sûr, que je ne remettrai plus jamais les pieds sur cette île ***paumée*** où l'on ne mange que des ***pommes.***

Sur ce, chacun partit de son côté. Mais l'île était si petite, que nous serions bien obligés de nous rencontrer. Tandis que je tournais en rond depuis une heure, en me demandant comment j'allais occuper ces deux prochains jours sur Crokîle, Mister Crok, lui, de son côté, s'en donnait à cœur joie trop heureux de faire quelque chose qui sorte de son ordinaire.

Il avait déjà dressé les plans de son futur bateau, puis était allé chercher du bois. Je m'étais installé sur la petite colline qui surplombe l'île et mordant négligemment dans une pomme, j'observais Crok qui ne cessait pas de scier, clouer, poncer.... Et tout ceci bien entendu accompagné d'inlassables :

♪♫ « Croque, croque la pomme,

Croque, croque la pomme. » ♪♫

Deux autres jours s'écoulèrent de la même façon. Le jeudi matin, ma valise était prête depuis la veille, Crok, lui, avait préparé une longue liste de tout ce dont il aurait besoin pour continuer son bateau. J'attendais déjà le « bateau épicerie » sur le quai, quand Crok s'approcha de moi l'air embarrassé.

- Le bateau épicerie passera vers midi.

- Merci du renseignement, tu n'es pas déjà en train de travailler sur ton bateau ?

- Non pas ce matin. Adel, j'aurai un service à te demander, J'aurai voulu que tu m'expliques l'itinéraire que je dois suivre pour aller jusqu'à New-York, tu comprends je ne suis jamais sorti de mon île.

- Tu es toujours décidé à te lancer dans cette folle aventure ?

- Plus que jamais !

- Très bien, alors d'ici midi, je vais te tracer une carte et tout t'expliquer.

A midi, le bateau pour Cayenne était là, Crok et moi nous nous disions adieu.

- Alors au revoir Adel et merci pour tout.

- Adieu vieux pote, tu sais que tu vas faire une croisière de rêve, traverser toutes les Antilles, les Bahamas....

- Viens avec moi ?

- Non, pas question d'aller sous les cocotiers, mes affaires m'attendent à New-York

- Sans rancune Adel, alors à bientôt, nous nous reverrons à New-York.

- Oui, surtout fais très attention à toi, si tu pars comme prévu dans quatre semaines les alizés seront avec toi. Et ne perds pas mon numéro de téléphone.

Le bateau s'éloigna avec à son bord le seul ami que Crok s'était fait en trois ans d'existence, moi!. Nous avions tous les deux le cœur serré.

Un mois plus tard « le Flocro » était à l'eau et Crok chargeait les derniers cageots de pommes à son bord. C'est avec une grande satisfaction qu'il leva l'ancre, bien qu'un peu inquiet de laisser son île et son verger à l'abandon, l'appel de sa famille était bien plus fort. Ainsi, il naviguait depuis maintenant deux bonnes heures en chantant :

♪♪♫

« Il était un petit Flocro, il était un petit Flocro,

Qui n'avait ja-ja-jamais navigué, qui n'avait ja-ja-jamais navigué

ho-hé ! Ho-hé ! Matelot. Un croco navigue sur les flots. »

♪♫♪

Soudain une voix résonna de nulle part. Crok regarda partout autour de lui et demanda,

- Qui a dit ça ?

- Regarde en haut, hou ! Hou ! C'est moi, Adel !

Quoi !

IV- Au secours d'Adel

- Adel, que fais-tu là ?

- Ne discute pas, je dois d'abord me poser, essaie d'approcher le plus possible ton bateau de moi.

- Tu vas atterrir sur le Flocro ?

- Je ne vais quand même pas rester en l'air, et il faut faire vite, car je descends de plus en plus.

Crok manœuvrait de façon à être juste en dessous de moi, quand, d'un seul coup, le vent se leva, il s'engouffra dans mon parachute et m'éloigna considérablement du bateau. Hélas, je n'étais plus qu'à deux ou trois mètres de hauteur et j'atterris, ou plutôt j'amerris, au milieu de l'océan. Comble de malchance, il se trouve que je ne suis pas très bon nageur. Grâce au vent qui s'était levé Crok me rejoignit très vite.

- Adel ! Adel ! Attention ! Derrière toi !

- Quoi, derrière moi ?

Et au moment où je me retournais je vis un gros,

un énorme, **Un re... Un re-re ...**

Un requin !!!

Heureusement pour une fois dans sa vie, Crok fit preuve de rapidité d'esprit. Aussitôt arrivé à ma hauteur, il me lança une bouée de sauvetage et me hissa de toutes ses forces à bord du Flocro.

- Adel, comment vas-tu ? Réponds- moi ?

- J'ai eu la plus belle peur de ma vie, j'ai bien cru que ma dernière heure était venue, tu m'as sauvé la vie vieux frère, je ne l'oublierai jamais.

- Mais que fais-tu ici ?

- Je ne pouvais pas te laisser seul, je me faisais trop de soucis, alors comme les affaires sont calmes à New-York, me voilà ! Tu es si jeune et tellement inexpérimenté, ce sera plus sûr.

- YOUPI ! Merci Adel, tu sais j'avais un peu peur tout seul face à l'inconnu.

- J'ai aussi une très bonne nouvelle Crok, je suis allé voir toute ta famille au zoo dès mon arrivée à New-York, et ils sont ravis que tu ailles bien. Et ce n'est pas tout....

- Quoi ?

- Eh bien le gardien du zoo possède un singe qui vit avec lui, il se nomme Swing. Comme le gardien l'aime beaucoup il ne le met pas en cage comme les autres, il peut rester en liberté et se promener partout dans le zoo.

- Et alors ?

- Eh bien, figure-toi que ton petit frère Croquet est le meilleur ami de ce ouistiti.

- Ah... et alors ?

- Mais Crok, réfléchis. Il est libre, et il est très agile ! Il peut ouvrir les portes, il vit dans la même maison que le gardien qui lui possède toutes les clés du zoo. C'est une chance pas croyable de le connaître grâce à lui, nous n'aurons qu'à aller chercher ta famille pendant une nuit, sortir discrètement du zoo, rejoindre le port, monter à bord du Flocro et mettre les voiles. Je t'avais bien dit que je trouverais une solution !

- YOUPI ! Oh merci Adel tu es formidable, j'ai envie de t'embrasser.

- OUPPSSSS Crok, non, ce ne sera pas utile.

Tandis qu'un peu plus tard je rangeais mes affaires dans la cabine de couchage, Crok me rejoignit.

- Tout va bien Adel, bien installé ?

- Très bien Crok, et bravo tu as construit un merveilleux bateau, rien ne manque.

- Merci, qu'est-ce que tu fais ?

- Je regarde cette carte maritime que j'ai apporté, tu vois là, voici la mer des Caraïbes. Tu vois nous allons longer toute les Antilles, la première île où nous accosterons sera Sainte Lucie. Elle mesure 43 kilomètres de long, et 23 de large. La capitale située dans le nord-Ouest, s'appelle

Castries, c'est là que nous ferons notre première escale. Seule ombre au tableau pour toi, mon pauvre Crok, sur cette île les Habitants ne cultivent et ne vivent presque exclusivement que de **bananes !**

Quoi ?

V-Première escale à Sainte-Lucie

Après six jours de mer, nous apercevions enfin les côtes de l'île. Sainte Lucie, la plus aimable des îles des caraïbes, nous offrait une véritable vision de paradis. Rien ne manquait, ni un cocotier, ni un bananier, ni un hibiscus, ah c'était éblouissant...

- Crok nous allons contourner l'île vers l'Ouest, du côté du volcan, ce sera plus tranquille.

- Un volcan ! C'est dangereux ?

- Mais non, il dort tout le temps.

- Ah bon, j'espère au moins qu'il ne ronfle pas ?

Après avoir établi notre campement dans un coin retiré de l'île à l'abri des humains, nous étions en train de faire l'inventaire de ce qu'il nous restait comme provisions.

- Je suis inquiet Adel, il ne nous reste plus qu'un seul kilo de pommes. Il faut absolument que nous trouvions des pommiers, sans quoi je vais mourir de faim

- Tu exagères Crok ! Tu as avalé près de cent kilos de pommes en à peine huit jours, à ce rythme-là, pas étonnant que nous manquions de provisions.

- Désolé, mais l'air du large m'ouvre l'appétit et puis je suis à un âge ou j'ai besoin de beaucoup manger.

- Bon, de toutes les façons cette île regorge de bons et délicieux fruits. Nous allons nous séparer et remplir ces paniers de tout ce que nous trouverons, tu vas vers le Sud et moi vers le Nord et on se retrouve ici dans deux heures. Et, attention **surtout pas d'imprudence !**

Je marchais depuis un bon moment, mais pas la seule trace d'un fruit nulle part. Tout à coup, j'ai levé les yeux vers le ciel comme si la solution allait en tomber. Eh bien oui, elle était **là !** Au sommet de ces immenses arbres, il y avait des tonnes de bananes, mais comment faire pour les cueillir ? J'étais beaucoup trop petit pour pouvoir les atteindre. Je réfléchissais quand une voix m'interpella.

- Tu cherches quelque chose ?

- Oui, mais qui es-tu ?

- Je suis Lulu le mulot.

- Enchanté Lulu, je suis Adel la chenille New-Yorkaise.

- New-Yorkaise, mais que fais-tu si loin de chez toi ?

- Oh... Et bien disons que je m'offre un peu de vacances, j'accompagne un ami sur son bateau, mais après plusieurs jours de mer, nous n'avons plus de provisions et ici les fruits poussent à des hauteurs inaccessibles.

- Pas de problème petit, je vais te donner un coup de pattes !

Lulu monta en haut du bananier et avec ses dents pointues, il coupa les bananes. Elles tombèrent juste au pied de l'arbre, je n'avais plus qu'à les ramasser. Après avoir rempli mon panier et l'avoir attaché derrière moi, je repartais bien chargé rejoindre Crok, bien-sûr j'avais remercié Lulu de son aide très précieuse. En arrivant au campement Crok se précipita à ma rencontre complètement affolé

- Adel, c'est une véritable catastrophe, pas une seule pomme, tu entends ! Pas une seule ! J'espère que tu as trouvé quelque chose !

- Nom d'une chrysalide, tu n'as rien ramené en deux heures ?

- Mais je n'ai rien trouvé, je te le jure. Et toi dis-moi vite ?

- Eh bien rassures-toi, nous ne mourons pas de faim, j'ai un plein panier de délicieuses...

- Pommes ?

- **Non, de bananes !**

Quoi ?

MARÍA

VI-Maria la belle Martiniquaise

Nous venions de passer deux jours en mer en direction de notre seconde escale, la Martinique. Crok n'avait pas cessé, une minute de se plaindre de la nourriture. J'avoue que moi-même, je commençais à regretter sincèrement les hamburgers et les hot-dogs New-Yorkais. J'étais allongé à l'avant du bateau à rêver d'une pizza au fromage bien fumante, jusqu'à ce que Crok me rejoigne, en se plaignant, évidemment.

- Moi aussi, j'ai faim, il nous reste quatre bananes pour le déjeuner.

- Mais j'en ai marre des bananes, je suis sûr que je vais tomber malade, mon espèce s'est toujours nourrie de pommes, tu comprends, il est dangereux pour moi d'avaler autre chose.

- Tu n'as jamais essayé, comment peux-tu le savoir ? D'ailleurs, voilà plusieurs jours que tu manges des bananes et tu ne t'es pas empoisonné, et puis ce soir sûrement que nous aurons un meilleur dîner. Regarde dans les jumelles, nous apercevons déjà les côtes de la Martinique, nous allons longer l'île par la gauche et passer près du rocher du diamant, nous accosterons près de la Montagne Pelée.

Effectivement, le soir même, alors que le jour commençait à peine à tomber, nous accostions le long de la plage, d'immenses palmiers s'inclinaient vers nous comme pour nous saluer.

Un quart d'heure plus tard, nous mettions pieds à terre. Le coucher du soleil rougissait toute la mer et nous apportait un peu de fraîcheur. Des hauteurs de l'île, nous parvenait la douce odeur de l'huile de coco et au loin nous entendions une joyeuse musique. Tout en admirant le paysage de cette île qui me charmait, j'analysais tranquillement notre situation. Crok, quant à lui, courait partout sur le sable encore tiède, pour se dégourdir les pattes. Soudain, ne sachant pas si je rêvais ou si c'était réel, je vis une petite silhouette très gracieuse qui venait vers nous. Crok courut vers elle et un cri perçant vint à mes oreilles, je courus moi aussi vers elle et là... Je m'arrêtais net, complètement subjugué...

J'étais devant la plus belle créature que je n'avais jamais vue.

- **Au secours !** Cria-t-elle.

- Mademoiselle, *je... je... je...*

- **Pitié, faites quelque chose contre ce crocodile, il va me dévorer !**

- Mais non, je vous assure il est végétarien.

- Cessez de plaisanter et agissez !

- N'ayez pas peur, c'est mon ami.

- *Vraiment ?*

- Oui, je vais vous le présenter. Crok approche s'il te plaît, au lieu d'effrayer cette demoiselle, voici Mister Crok, et il est vraiment végétarien.

- Enchanté, moi je suis Maria, j'habite ici, juste à côté.

- Je suis ravi de vous connaître Maria. **Adel ? Adel !** Présente-toi !

- Comment ? Oh pardon, je... Je m'appelle Adel, je viens de New-York.

- Vraiment enchantée monsieur Adel. Que faites-vous sur cette plage ? Vous n'êtes pas de l'île ?

- Non, nous faisons, Crok et moi un long voyage. Nous ne sommes là que pour nous ravitailler et nous distraire un peu.

- Eh bien vous ne pouvez pas tomber mieux, c'est aujourd'hui Mardi-Gras, il y a un carnaval depuis ce matin et j'étais venue chercher quelques noix de coco, si vous voulez m'aider à les porter jusqu'à chez mon grand-père, vous pourrez participer à la fête. Il y a de quoi se restaurer et surtout vous goûterez le fameux ti-punch.

- C'est avec grand plaisir, Mademoiselle Maria que nous acceptons votre invitation.

Maria s'éloigna élégamment pour nous montrer le chemin. Je savais dès l'instant où je l'avais vue que je venais de rencontrer

le grand amour de ma vie.

- Adel ! Nous n'allons quand même pas suivre cette espèce de chenille.

- Que dis-tu, ce n'est pas n'importe quelle chenille, elle est... Magnifique, superbe, gentille, adorable.........

- Mais on ne la connaît pas !

- Et alors justement, nous ferons davantage connaissance avec Maria. Quel joli nom, « *Maria, la belle martiniquaise* »,

- Oui, enfin il n'empêche que, c'est quand même une chenille !

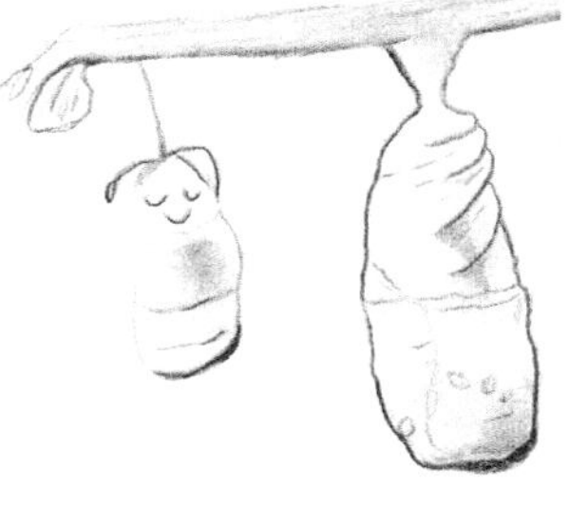

- Crok, s'il te plaît, fais bonne impression, elle va nous présenter son grand-père, et puis en plus elle nous a gentiment invité, regarde, nous arrivons, il y a plein de choses à manger.

Effectivement au village régnait une folle ambiance, tout le monde dansait, mangeait, buvait...

- Grand-père, voici Monsieur Adel et son ami Mister Crok, le crocodile végétarien.

- Enchanté, Messieurs. Vous devez avoir soif, Maria, sers nos invités s'il te plaît.

Maria nous tendit deux verres.

- Merci Maria, qu'est-ce que c'est ?

- C'est du **ti-punch**, la spécialité de l'île : une larme de sirop de canne, une rasade de rhum, et un zeste de citron vert. Vous ne pouvez pas être venus en Martinique sans en boire.

- Alors, il n'est pas question de refuser d'y goûter, merci Maria.

- Moi, j'aurai plutôt ***faim !***

- Crok tu exagères !

- Je suis désolé mais je n'ai jamais bu d'alcool et en plus, j'ai l'estomac creux.

- Vous pouvez vous servir sur les tables derrière vous, le buffet est ouvert à tout le monde. Il y a toutes sortes de fruits. je pense que ça va vous plaire en tant que végétarien.

- Eh bien voyez-vous mon fruit préféré, c'est la pomme !

- Ah ! Eh bien je crains hélas, que ce soit un des rares fruits que nous n'ayons pas.

Quoi ?

VII- Les petites pommes vertes empoisonnées du mancenillier

Le lendemain matin, lorsque je me suis réveillé, j'avais la curieuse impression d'avoir comme des tam-tams dans la tête. En regardant autour de moi, je me rappelais maintenant les événements de la veille. Nous avions bu, mangé, dansé... Mais je crois que je n'aurais pas dû boire un troisième ti-punch, quoique je me demande ce qui m'avait le plus tourné la tête,

« le ti-punch ou la belle Maria ? »

D'ailleurs, à cet instant, elle m'apparut une tasse de café à la main.

- Bonjour Adel, j'espère que vous avez bien dormi ?

- Oh oui, merci beaucoup Maria.

- Votre ami est déjà parti à la recherche de provisions. Il dit qu'il ne veut pas encore manger des bananes pendant tout le voyage.

- Crok est parti seul sans dire où il allait ?

- Il a dit qu'il partait vers la Montagne Pelée, que dans les hauteurs il trouverait peut-être des pommes. Mais aucune chance qu'il en trouve dans le coin. Il y a tellement plein d'autres fruits plus savoureux ici, je me demande bien pourquoi il s'obstine à ne manger que des pommes ?

- Vous savez, Crok est très entêté, *enfin*... J'espère que nous en trouverons en Guadeloupe lors de notre prochaine escale, car j'en ai marre de l'entendre se plaindre.

- Quelle chance vous avez de voyager ainsi, moi je ne suis jamais partie de cette île !

- Vous savez Maria, c'est pour les besoins de mon boulot, je suis toujours dans les avions à parcourir le monde, car voyez-vous **je suis détective privé...**

- **Mon Dieu, ce n'est pas croyable vous avez une vie passionnante !** Et où habitez-vous ?

- J'habite dans le Bronx-Park à New-York.

- New-York **?**

- Oui, un magnifique building près du zoo, personnellement je m'y plais énormément, l'endroit est agréable et j'ai plein de bons amis, entre autres, la famille de Crok.

Je racontais à Maria toute l'histoire depuis le début jusqu'à ce que nous entendions Crok qui appelait dehors.

- *Adel, je suis de retour !*

- Ah ! Me voilà rassuré, sortons à sa rencontre.

- Regardez, j'ai trouvé des pommes c'est formidable **!** Des petites pommes vertes, j'en ai plein le panier, je crois qu'elles ne sont pas tout à fait mûres car elles sont un peu acides, mais je les mettrai à mûrir sur le pont du Flocro.

- **Mon Dieu, vous en avez mangé?**

- Oui, deux ou trois. Pourquoi Maria ?

- Ce ne sont pas des pommes, ce sont les fruits d'un arbre qui s'appelle le mancenillier, il y en a plein par ici. Ses fruits sont connus pour leur **toxicité**, ils ressemblent en effet à de petites pommes.

- Quoi ? Mais oui, j'ai la bouche et la gorge qui me brûlent, vous croyez que c'est grave ?

- Oui bien sûr, il ne faut surtout pas en manger au risque de s'empoisonner.

- **Nom d'une chrysalide!** Maria que pouvons-nous faire pour ce pauvre Crok ?

- Je vais aller chercher notre médecin et vous, Mister Crok, restez tranquille.

Vingt minutes plus tard Maria était de retour avec le médecin de sa famille qui bien- sûr était une chenille.

- Bonjour, je vous préviens toute de suite, dit le docteur, je n'ai jamais soigné de crocodile.

- **Comment une chenille va-t-elle réussir à me soigner?**

Adel j'ai peur et en plus je commence à avoir mal au ventre!

- Ne vous inquiétez pas, je vais vous faire un lavage d'estomac, et vous deux, vous allez devoir m'aider.

- Nous ?

- Ne t'en fais pas Adel, je suis infirmière, je te montrerai ce qu'il faut faire.

- **Me laver l'estomac?** Dit Crok. Je vous assure que j'ai pris une douche ce matin et que je suis très propre partout !

- Calmez-vous Monsieur le crocodile, bon, Maria, va chercher beaucoup d'eau et deux grandes bassines, vous Monsieur Adel trouvez-moi un grand tuyau.

- A vos ordres, docteur !

- **J'ai peur!** Cria Crok.

Un moment plus tard, tout le matériel nécessaire était réuni et le médecin nous donnait ses instructions. Soudain, on entendit un drôle de bruit.

Clac! Clac! Clac...

En fait c'était juste Crok qui claquait des dents.

- Calmez-vous dit le docteur, nous allons vous passer ce tuyau dans la gorge.

- **Quoi ?**

Quatre heures plus tard Maria et moi étions sur la plage, le soleil commençait à descendre lentement sur la mer. Nous avions réussi à lui faire recracher les fruits empoisonnés, à présent il semblait hors de danger.

- Crok peut se vanter de m'avoir fait une belle peur, je sais bien qu'il m'énerve parfois, mais il est tellement gentil.

- Il ne faut plus t'en faire à présent Adel, dans deux ou trois jours il aura retrouvé la grande forme.

- Oui, et en attendant je vais m'occuper des provisions, il ne faut pas que l'on se décourage car on nous attend à New-York et le voyage sera encore long. Alors dans deux jours nous mettrons les voiles.

- Vous allez me manquer, tous les deux.

- Tu me manqueras aussi Maria, mais nous nous reverrons lors de notre retour, nous referons escale ici. Je crois que je vais trouver le temps long jusque-là.

- A propos, quelles sont vos prochaines escales ?

- Pointe à Pitre, ensuite les Bahamas, Miami et enfin, si tout se passe bien, New-York.

- Mon Dieu, que j'aimerais voyager comme cela...

- Mais j'y pense il y aurait bien une solution !

Un moment plus tard je rejoignais Crok au petit village.

- Alors Crok, comment te sens-tu ?

- Fatigué, mais ça va aller. Je suis vraiment désolé Adel, je ferai très attention à présent.

- Je l'espère, enfin n'en parlons plus l'essentiel c'est que tu ailles bien maintenant. Nous allons donc rester une journée de plus et pendant que tu récupères. Maria et moi nous ferons le plein de provisions.

- Par ma faute nous perdons une journée, alors que je suis tellement impatient de revoir ma famille !

- Ne t'inquiète pas Crok tu vas la revoir, je suis sûr que tout se passera bien à présent.

- Quand repartons-nous ?

- Après demain dans la matinée et bonne nouvelle....

Maria vient avec nous !

VIII- Ravitaillement à Pointe à Pitre

Deux jours plus tard nous mettions le cap sur la Guadeloupe. Nous étions à présent trois à bord du Flocro. J'étais content d'avoir la douce compagnie de cette magnifique jeune fille pour la suite de notre voyage. Maria m'avait suggéré de mettre par écrit le récit de notre voyage (ce qui m'a permis, d'ailleurs, d'écrire ce livre). J'étais donc dans la cabine, occupé à inscrire sur le journal de bord les événements de notre dernière escale. Maria à l'arrière du bateau admirait l'horizon où l'on apercevait encore les côtes de la Martinique. Sûrement était-elle un peu mélancolique malgré la joie qu'elle avait de nous accompagner. Je l'entendais chantonner une chanson créole...

♪♫♪♫ adieu foula', adieu mad'as

adieu guenda, adieu collier chou,

doudou à moi, y ka pati,

hélas, hélas, se pou toujou ... ♪♫♪♫

Je me laissais bercer par cette tendre mélodie, quand Crok entra comme un fou dans la cabine très en colère.

- Crok, tu m'as fait peur que se passe-t-il ?

- **Tu oses me le demander?**

Alors que déjà, tu as pris seul la décision d'emmener Maria sans même avoir demandé mon avis, et voilà que maintenant tu prends **ma place dans la cabine !**

- Excuses-moi, je ne savais pas que cette place t'était réservée.

- Si, justement ! **C'est la place du capitaine**, et au cas où tu l'aurais oublié il se trouve que, le capitaine, **c'est moi!**

- Oh pardon, et bien je vais m'installer plus loin.

- Bonne idée, et j'aimerais bien qu'à l'avenir tu me fasses part de tes décisions. Alors, je t'écoute qu'as-tu prévu pour la suite du voyage ?

- Eh bien ... « Si Monsieur le capitaine est d'accord avec cette idée » Notre prochaine escale est prévue en Guadeloupe. Évidemment, j'ai une carte de l'île, car je prévois toujours tout. Regarde, nous allons d'abord dépasser la rivière salée, puis prendre le large.

- Alors, en route vers la rivière **sucrée !** Ce sera tout pour l'instant

matelot !

- Matelot? Ça c'est la meilleure ! Bon si tu le permets, je vais mettre le journal de bord à jour.

- Le quoi ?

- Vraiment, un capitaine qui ne sait même pas ce que c'est qu'un journal de bord, et c'est moi que l'on traite de matelot, Pffffff...

Journal de bord

Aujourd'hui vendredi 10 mars, voilà quatre
jours que nous avons quitté la Martinique
nous abordons ce soir les côtes de la
Guadeloupe,
en même temps que le coucher du soleil.
Cela fait pile deux semaines que nous sommes
partis de Crokîle, nous ne devons plus perdre de
temps et aussitôt refait un peu de provisions
nous repartirons,
direction les Bahamas.

- Adel, viens voir nous approchons des côtes, nous allons pouvoir jeter l'ancre.

- J'arrive Crok ! Dis-moi, quels sont les ordres du capitaine ?

- Quels ordres ? Ah oui, euh... et bien... bon, si tu le veux bien, je te nomme responsable des escales.

- Très bien. Alors, nous allons rester ici cette nuit et nous coucher de bonne heure. Demain matin dès l'aube nous irons à terre chercher des provisions.

Le lendemain, alors que le soleil commençait à peine à se lever, nous avions déjà mis pieds à terre, et étions en train de réfléchir sur la direction à prendre, tout près de Pointe à Pitre, la capitale, nous devions redoubler de prudence.

- J'ai repéré un centre commercial non loin de cet endroit.

- Comment allons-nous y aller ?

- Ne t'inquiète pas Crok, Maria et moi passerons inaperçus et pourrons nous glisser dans le magasin et nous servir. Les humains ne font jamais attention à nous les chenilles, car nous sommes trop petites et inoffensives, mais toi, tu vas devoir rester ici.

- Rester ici tout seul ?

- Oui Crok, et surtout ne t'éloigne pas et ne commets aucune imprudence.

- Bon d'accord... Mais, je vais m'ennuyer !

Deux heures plus tard, Maria et moi étions de retour, et nous avions pu remplir nos paniers sans problème.

- Crok, nous sommes de retour ! Où es-tu ? Nom d'une chrysalide, Crok a disparu !

- Maria porte les provisions à bord du Flocro, je pars à sa recherche.

- Attends Adel, écoute... D'où viennent ces cris ?

- **Aïe, ouille, aïe!**

- Adel, regarde là-bas c'est Crok.

Effectivement, de l'autre côté de la plage, nous apercevions Crok qui courait dans tous les sens en poussant des hurlements. Aussitôt j'allais vite le rejoindre. Je pus constater qu'un crabe s'était suspendu au bout de sa queue.

- Dites donc vous, espèce de crustacé venimeux, veuillez le lâcher tout de suite !

- **Qui donc ose me parler sur ce ton ?** Dit le crabe.

- Moi ! Ce crocodile est mon ami, alors lâchez lui la queue tout de suite.

- Adel tu es là, aide-moi à me débarrasser de ce truc ! Hurla Crok.

- Hé ! Je ne suis pas un truc !

- Qui que vous soyez, laissez-moi tranquille maintenant.

- Bon d'accord, mais alors éloignez-vous d'ici, car vous êtes sur mon territoire. Et vous le vermisseau parlez-moi sur un autre ton, ou bien je vous coupe en deux d'un coup de pince !

- **Enfin, je vous en prie, calmez-vous !** Supplia Adel.

Ce crabe de malheur ayant enfin lâché ce pauvre Crok, je pus avoir des explications.

- Je voulais juste ramasser des noix de coco, et il m'a attaqué sans raison. Expliqua Crok.

- Pourquoi avez-vous agressé mon ami ?

- Pour commencer, je ne suis pas un truc, mais un **crabe touloulou** et je vis ici c'est mon coin, et je ne laisserai personne me le prendre !

- Mais voyons, Monsieur « le toutou » je vous assure que je ne voulais rien vous voler.

- Allez viens Crok, partons, laissons ce crabe détestable car je crois qu'il est fou.

- Tu as raison Adel.

Nous revenions vers le Flocro, laissant derrière nous cette regrettable histoire, quand Maria courut à notre rencontre en criant.

- Adel, Crok, dépêchez-vous !

- Allons bon que se passe-t-il encore ?

- Il faut vite s'en aller, regardez, il y a des humains qui arrivent par là-bas!

- Crok vite, il ne faut pas traîner ici, tout le monde à bord du Flocro et mettons les voiles.

Quoi !

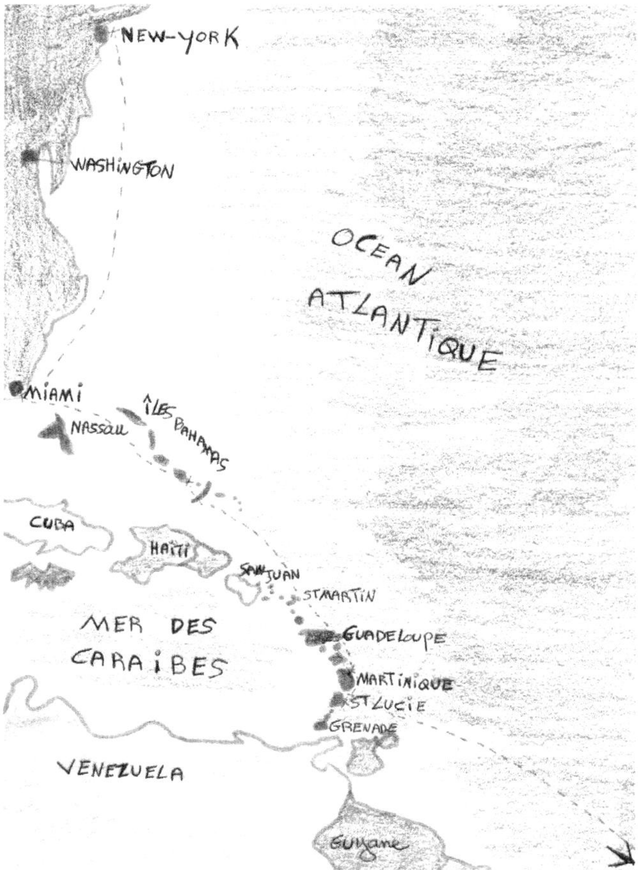

IX- L'escargot milliardaire et son île extraordinaire

Deux heures plus tard nous étions déjà loin de Pointe à Pitre et grâce au vent qui s'était levé nous voguions à grande vitesse vers les Bahamas. Mister Crok n'avait décidément pas de chance. Pour commencer, pas moyen de trouver des pommes sur toutes ces îles, pourtant regorgeantes de fruits. Ensuite, il a manqué s'empoisonner, et à présent il se fait attaquer par un épouvantable crabe. D'ailleurs, ce sont certainement les cris de Crok qui ont attiré l'attention des humains. Heureusement, nous avions réussi à quitter les lieux avant qu'ils nous repèrent.

<u>Journal de bord</u>

Aujourd'hui, Mercredi 25 Mars, nous avions contourné l'île de la Guadeloupe et fait un court ravitaillement sur l'île de Saint-Martin sans encombre, en moins de 5 jours, et après 9 autres jours de mer, nous atteignons péniblement les Bahamas, car le vent étant devenu paresseux, notre vitesse s'en trouvait réduite.

Nous allions bientôt pouvoir débarquer.

- J'espère que nous allons trouver de bonnes choses à manger, car nous n'avons presque plus rien. J'ai dû perdre au moins cinq kilos depuis le départ.

- Je ne sais pas Crok, mais ce qui est sûr, c'est que nous serons tranquilles. Voyez sur ce document que j'ai apporté, ils disent que les Bahamas sont constitués de sept cents îles, mais une centaine seulement est habitée par les hommes. Nous aurons tout le loisir de choisir une île inhabitée et d'y rester deux ou trois jours pour souffler, et sûrement y trouverons-nous quelques arbres fruitiers.

- ***Et peut-être des pommiers ?***

- Nous verrons bien Crok.

Le lendemain matin, nous avions décidé de nous arrêter sur la prochaine île qui nous plairait. Le choix était difficile car elles étaient nombreuses. Soudain une île isolée et verdoyante attira notre attention.

- Cette petite île a l'air très accueillante n'est-ce pas ? Demanda Maria ;

- Absolument parfaite pour nous. Qu'en pense notre capitaine ?

- C'est d'accord, débarquons sur cette île !

Moins d'une demi-heure plus tard, nous étions déjà en train d'explorer cette superbe petite île.

Après avoir traversé la plage, puis un petit bois, nous parvenions soudain sur une immense clairière, et là, chacun de nous resta figé, tant ce que nous avions devant les yeux était extraordinaire...

Une magnifique petite maison rose et blanche qui ressemblait à une pâtisserie, entourée de belles fleurs partout et d'un immense golf aux pelouses miraculeusement vertes et juste devant une incroyable piscine. Un peu plus loin sur la droite il y avait plein de petits arbres alignés et bien taillés, comme sur Crokîle.

- Adel, regarde ces arbres, tu ne remarques rien ?

Non ce n'est pas possible je dois rêver ...

- Tu as raison Crok ce sont des...

- Des pommiers ! Des pommiers comme chez moi, hourra !

Des tas de pommes partout, c'est génial, youpiiii !

- Crok, Crok ! Calme-toi, voilà quelqu'un, tu vas l'effrayer.

- Bonjour, je suis le propriétaire de cette île, je peux faire quelque chose pour vous ?

- Bonjour Monsieur, je me présente je suis Adel, je viens de New-York et voici Maria qui habite la Martinique et lui c'est Mister Crok le crocodile végétarien.

- Oui, et j'adore les pommes !

- Crok, je t'en prie ne commence pas, veuillez l'excuser Monsieur.

- Oh pardon, je me présente, je suis Mobi-Lome l'escargot milliardaire.

Après lui avoir raconté notre histoire, Mobi-Lome nous invita chaleureusement chez lui sur « Mobîle » car c'est ainsi qu'il avait baptisé son île. Nous étions absolument ravis de cette opportunité.

- Bienvenue au pays du bonheur chers amis, car les Bahamas sont toujours baignées de soleil, et nous avons un vrai climat de rêve toute l'année, c'est d'ailleurs pour cela que je m'y suis installé. Je sais que les escargots préfèrent habituellement la pluie, mais moi j'adore le soleil. Vous pourrez dormir dans ma maison car j'ai plusieurs chambres d'amis, mais pour Mister Crok il faudra trouver une autre solution car il est beaucoup trop gros.

- Comment ça trop gros ? Moi qui ai justement perdu plusieurs kilos.

- Enfin Crok, cette maison est conçue pour un escargot, elle est beaucoup trop petite pour abriter un crocodile.

- Mais alors où est ce que je vais dormir ?

- Ne t'inquiète pas ! Nous allons monter ta toile de tente dans le jardin.

- Génial !

Après être allé chercher nos affaires pour la nuit à bord du Flocro, et nous être installés, nous partions pour rejoindre Mobi pour la visite de Mobîle.

- J'espère que « Mobylette » va nous offrir des pommes ? S'interrogea Crok.

Notre nouvel ami, nous proposa de faire le tour de son île à bord d'une drôle de petite voiturette électrique afin d'aller plus vite, car comme tous les escargots, il se déplaçait très lentement. Évidemment « l'auto-Mobile » était trop petite pour que Crok monte dedans, et le pauvre fut obligé de nous suivre en marchant.

Nous avions eu vraiment beaucoup de chance en choisissant cette île. Notre hôte semblait être la personne la plus heureuse du monde, décontracté, toujours gai et s'amusant d'un rien, vivant calmement au rythme des flots. Mais surtout il était très accueillant, comme son île paradisiaque.

- A présent, nous dit-il, je vais vous faire visiter mon verger où je cultive les plus belles espèces de pommiers. Mister Crok je crois que cela va vous plaire !

- Oh oui, j'adore les pommes, et d'ailleurs sur mon île je ne cultive et ne me nourris que de ça.

- Ça alors, quelle coïncidence, moi aussi !

Quoi !

X- Le passager clandestin

Je pense que Crok n'avait jamais été aussi heureux de sa vie. Avec Mobi-Lome, ils chantaient, dansaient partout dans le verger en jonglant avec des pommes. Non seulement, Crok avait enfin réussi à trouver des pommes, mais également un nouvel ami, qui avait des tas de points communs avec lui. Quant à notre escargot, jamais il n'aurait pu s'imaginer qu'un crocodile vivait exactement de la même façon que lui. Ce qui est sûr, c'est que cette découverte les rendait tous les deux absolument fous de joie.

Journal de bord.

Aujourd'hui Dimanche 29 Mars, nous quittions ce matin Mobîle et son riche propriétaire, le cœur un peu serré car nous venions de passer trois jours inoubliables et étions devenus de véritables amis. Nous avions bu de délicieux cocktail au jus de pommes (mangues, ananas et bananes, pour ceux qui n'aiment pas que les pommes.)

Mangé d'immenses coupes de glaces aux multiples parfums.

Nous nous sommes baignés au pied d'une magnifique cascade, nous avons joué au volley-ball dans la piscine (sans Mobi, car curieusement cet escargot n'aimant pas l'eau, il n'en profite jamais.) Nous avions fait de grandes parties de golf (bien que personnellement je préfère le base-ball). Bref, nous avions passé un séjour de rêve sur Mobîle qui restera gravé dans nos cœurs pour toujours. Nous mettions à présent le cap sur la Floride et d'après mes calculs, il nous faudrait environ une dizaine de jours pour y parvenir.

Notre prochaine et dernière escale sera Miami.

J'étais très inquiet pour Crok car nous allions aborder un endroit très peuplé par les humains.

J'étais donc à réfléchir à ce problème, quand j'entendis Crok qui m'appelait.

- Adel, je n'y comprends rien !

- Que se passe-t-il Crok ?

- Je viens de retrouver deux pommes entamées dans ce cageot et j'avais mis une vingtaine de tartinopoms dans la réserve et il n'en reste plus que la moitié.

- Tu es sûr que tu ne les as pas mangés, car tu es le seul qui aime ça à bord ?

- Absolument certain Adel !

Le lendemain matin nous avions déjà oublié cet incident et prenions tous les trois notre petit déjeuner, quand un bruit épouvantable nous fit sursauter.

- **Que se passe-t-il ?**

- Ne t'inquiète pas Maria, ce sont sûrement des cageots qui sont tombés dans la cale. Je vais voir.

- Bizarre quand même ! Hier, ce sont des provisions qui disparaissent, et maintenant ce bruit, il se passe de drôles de choses dans cette cale. **Je me demande s'il n'y aurait pas un fantôme**, et je ne suis pas rassuré.

- Enfin Crok, ne sois pas stupide, il y a forcément une explication.

Ma Foi, je n'étais pas très rassuré moi-même. Il est vrai que tout ceci devenait bien mystérieux. Je descendis prudemment en direction de la cale à provisions, bien sûr Crok était beaucoup trop peureux pour m'accompagner, et en plus ses histoires de fantômes n'étaient pas faites pour m'encourager. Arrivé en bas de l'échelle, je fis quelques pas et pu constater que tous les cageots étaient tombés et toutes les pommes roulaient par terre. Mon cœur battait très vite et il s'accéléra encore lorsque j'entendis des cris qui venaient du fond de la cale.

- **Aïe, aïe, ouille !**

Prenant une profonde inspiration, j'ai crié,

- Qui est là ? Répondez !

Timidement une petite silhouette surgit de derrière les caisses.

- ***Nom d'une chrysalide !*** Crok, Maria, venez voir, nous avons un passager clandestin.

- Qui !

- Devinez qui se cache ici ?

- **Un fan...un fanfan... un fantôme?**

- Mais non Crok!

- Alors qui ? Dis-le-nous vite, j'ai peur...

- Monsieur Mobi-Lome en personne !

Quoi !

XI- Contre-temps météo

- Mobi-Lome que fais-tu sur le Flocro ? Et en plus caché dans la cale ?

- Je suis désolé les amis, mais j'avais trop envie de venir avec vous. Vous savez, j'ai beau être milliardaire et posséder tout ce que l'on peut rêver d'avoir, il y a des moments où je m'ennuie, et j'ai eu moi aussi envie de jouer les aventuriers.

- Mais enfin ! Il ne s'agit pas d'un jeu, et cette expédition comporte des risques !

- Enfin Adel, n'exagérons rien ! S'exclama Crok.

- Ne m'en veuillez pas, j'avais simplement envie de me rendre utile. Aider mon ami Crok à retrouver sa famille me ferait tellement plaisir.

- Merci Mobi. Tu sais Adel, un petit escargot ne prendra pas beaucoup de place à bord, et puis toi, tu as bien voulu emmener Maria.

- Euh... Oui, c'est vrai, mais tout de même ... Pourquoi ne pas nous avoir dit que tu avais envie de venir avec nous ?

- J'avais peur que vous refusiez. Et comme je ne pouvais pourtant pas résister à l'envie de vous accompagner à New-York, je me suis glissé discrètement dans la cale. Pardonne moi Adel, j'étais tellement bien en votre compagnie, et je n'ai jamais eu d'amis comme vous trois.

- Ne t'en fais pas Mobi, je suis ravi que tu sois avec nous.

- Merci Crok, et rassurez-vous, je me ferai tout petit.

- Je vais te montrer où tu pourras t'installer pour le reste du voyage, et si tu as besoin de quelque chose, demande-le-moi, car c'est moi le capitaine.

- Le capitaine, c'est vite dit ...

- Que dis-tu Adel ?

- Oh rien …

Journal de bord

Et voilà, à présent nous sommes quatre à bord du Flocro.

Et quel drôle d'équipage nous formons !

Un crocodile végétarien de couleur vert pomme.

Un escargot milliardaire qui a peur de la pluie.

Une magnifique infirmière martiniquaise.

Et un détective de choc new-yorkais !

Qui aurait pu prévoir que quatre personnages aussi différents et vivant à des centaines de kilomètres les uns des autres, auraient pu devenir un jour, quatre amis inséparables. Bien-sûr, j'étais sans conteste le cerveau du groupe (car bien que Crok se dise le capitaine, sans moi, je ne pense pas qu'il serait allé bien loin). Mais je dois reconnaître, que malgré quelques incidents, notre voyage prenait presque des allures de croisière touristique. Moi qui me faisais tant de soucis... Enfin, ne crions pas victoire, car le plus dur reste à venir.

- A.... del...... llll !

- Il n'y a pas moyen d'être tranquille ...

- Monsieur Adel au rapport, qu'y-a-t-il pour vous servir capitaine ?

- Regarde au loin, le ciel est tout noir !

- Eh bien, moi qui croyais qu'il faisait toujours beau ici, surtout à cette saison !

- Je crois bien qu'un orage nous guette.

- **Oh mon Dieu, j'ai peur!**

-Rassure toi Maria, je suis là pour te protéger.

- Merci Adel.

- **Moi aussi, j'ai une peur bleue du tonnerre, et j'ai horreur de la pluie, surtout qu'ici les orages sont très violents.**

-Rassure-toi Mobi, je suis là pour te protéger.

- Merci Crok.

- Vraiment ! un escargot qui a peur de l'orage, on aura tout vu !

- Oh toi Adel, tu voudrais nous faire croire que tu n'as peur de rien. Ne l'écoute pas Mobi, il n'y a pas de honte à avoir peur de l'orage. Regarde-moi par exemple, j'ai bien peur des fantômes.

BADABOUMMMM !!!!!!

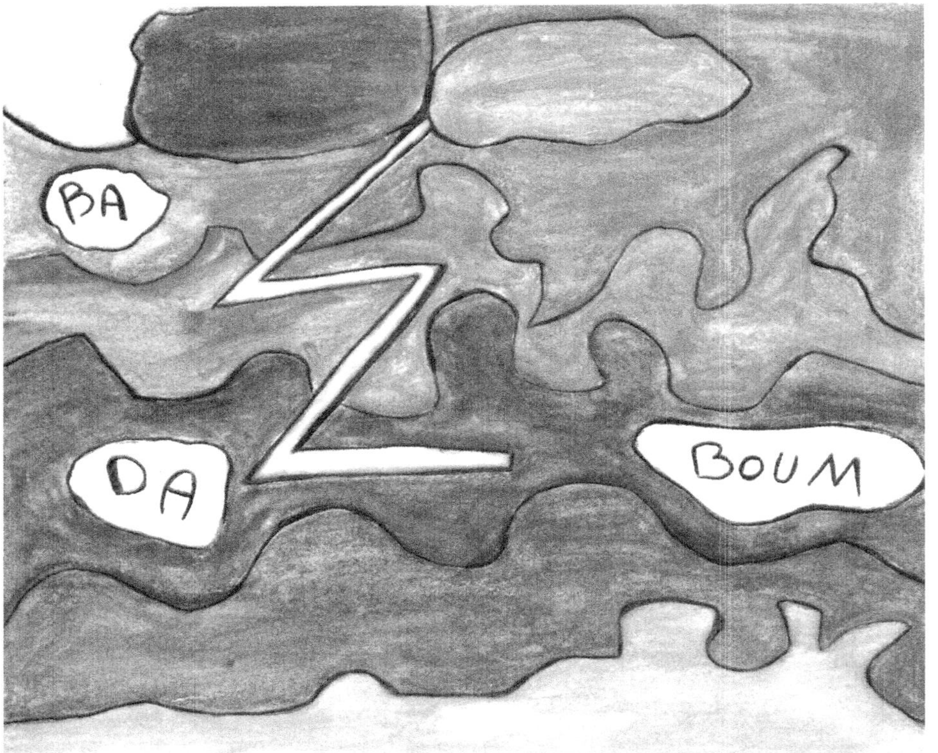

- Ah! Ah! Ah!

- Au secours! Le tonnerre!

- Oh mon Dieu! Un éclair!

Un Quoi !

XII- Le naufrage

Un terrible coup de tonnerre venait de résonner. Crok, Maria, et Mobi s'étaient précipités dans la cabine en hurlant.

- Eh, les amis, j'ai besoin de vous sur le pont. Le vent se lève et il faut plier les voiles.

- **J'ai trop peur!** Hurla Mobi.

- Moi aussi, Adel.

- Mais enfin je ne pourrai pas m'en sortir tout seul, alors mettez vos gilets de sauvetage et venez sur le pont ! Maria, tu peux rester dans la cabine.

Le vent soufflait de plus en plus fort, des éclairs déchiraient le ciel et une pluie torrentielle commençait à s'abattre sur nous. Comble de malchance, la nuit venait de tomber, et c'est très difficilement que nous avions pu affaler les voiles. Crok à l'arrière du bateau tenait solidement la barre, au milieu des énormes vagues qui se dressaient devant nous. Mobi, lui, s'était calfeutré dans sa coquille.

- Crok, je vais vite voir si Maria va bien.

- Très bien, Adel, ensuite reviens m'aider car l'eau entre dans le Flocro et il va falloir écoper.

- Je reviens tout de suite.

A l'instant où je rentrais dans la cabine, Maria se précipita vers moi, et vint se blottir dans mes bras.

- Adel, j'ai très peur, crois-tu que l'on va s'en sortir ?

- Je l'espère Maria… Mais le Flocro est bien petit pour résister à une telle tempête.

- Je ne veux pas mourir si jeune.

- Ne t'en fais pas, je ferai tout pour te sortir de là, après tout c'est moi qui t'ai entraînée dans cette histoire, et je m'en voudrais toute ma vie s'il t'arrivait malheur.

Je ne sais pas combien de temps je suis resté ainsi, à serrer Maria dans mes bras, mais ce dont je me souviens c'est que malgré la gravité de la situation, j'étais le plus heureux des « hommes » euhh … Je veux dire des chenilles.

- Maria, au cas où nous ne nous en sortirions pas, il faut que tu saches que… je….

- Adel ! Viens vite ! J'ai besoin d'aide ! Cria Crok.

- J'arrive ! Désolé Maria, il faut que je retourne sur le pont.

Le Flocro tournoyait au milieu des vagues, en menaçant de chavirer à chaque instant. Perdus dans la nuit ténébreuse, aveuglés par la pluie, nous ne cessions d'écoper toute l'eau qui entrait dans la coque, afin d'éviter de couler. Soudain une immense masse noire surgit devant nous.

- Regardez ! C'est un paquebot, nous filons droit sur lui !

- **Nom d'une chrysalide ! Nous allons nous écraser contre sa coque !**

- ***Adel c'est horrible, qu'allons-nous faire ?***

- Nous ne pourrons pas l'éviter. Vite il faut mettre le canot de sauvetage à l'eau.

- Nous n'allons quand même pas abandonner le Flocro ?

- Nous n'avons pas le choix Crok, c'est ça, ou bien nous mourrons tous.

Après avoir rapidement mis le canot à l'eau, et avoir sauté à bord, nous ramions de toutes nos forces pour fuir le danger. Par chance, nous avions réussi à nous éloigner suffisamment du paquebot. Et tout à coup, nous entendîmes un énorme fracas. Le Flocro venait de s'écraser contre l'immense coque du paquebot, et c'est en mille morceaux qu'il coula au fond de l'océan.

- **C'est horrible**, mon beau bateau …

- Mon Dieu ! Nous avons tout perdu. Dit Maria.

- Oui, quel malheur... Rajouta Mobi.

- Si cela peut vous rassurer, il nous reste tout de même quelque chose.

- Quoi donc Adel ?

- Eh bien, j'ai réussi à sauver l'essentiel …

- L'essentiel ???

- Mais quoi, dis-le-nous ? Interrogea Maria intriguée.

- Ta la la !!!!

Le journal de bord !

Quoi !

XIII- Adieu Crok

- LE JOURNAL DE BORD, TU APPELLES ÇA L'ESSENTIEL ?

- Exactement, figure-toi que j'ai passé des heures à l'écrire, il contient le récit de tout notre voyage.

- Et alors, tu crois que c'est grâce à lui que nous allons nous en sortir ?

- Il est très important pour moi, c'est tout !

- Nous sommes perdus au milieu de l'océan en pleine tempête, et monsieur Adel ne pense qu'à son roman. Un détective privé reconverti en écrivain, on aura tout vu !

- Ça suffit ! Crok, Adel, calmez-vous, ce n'est vraiment pas le moment de vous disputer

- Tu as raison Maria, excuses-nous ...

Jamais nous n'oublierons cette nuit interminable. Entassés dans ce petit canot, où Mister Crok prenait à lui seul les trois quarts de la place, où à chaque minute une rafale de vent aurait pu retourner notre petite embarcation, et nous envoyer tout droit au fond de l'océan. Quand enfin, avec l'aube le vent finit par se calmer, et que la pluie s'arrêta, nous étions épuisés. Mobi-Lome sortit la tête de sa coquille.

- **QUELLE POISSE !** Je ne me suis jamais autant mouillé de toute ma vie. Où sommes-nous les amis ?

- Aucune idée, nous avons dérivé toute la nuit.

- **Quelle catastrophe !**

- Tu as raison Mobi, je me demande ce que l'on va devenir. Nous sommes perdus et nous n'avons plus rien à boire ni à manger.

- Tu as raison Maria ? Même pas l'ombre d'un pépin de pomme....

- Vous n'avez pas bientôt fini, nous avons réussi à sauver nos vies, n'est-ce -pas le plus important ?

- D'accord Adel, mais pour combien de temps encore …

- *Vraiment Crok tu exagères, d'ailleurs un capitaine a pour devoir de faire face à toutes les situations, et non pas, celui de saper le moral des troupes !*

- **Bouh … Bouh …** Crok se mit à pleurer.

- *Et encore moins celui de pleurer !*

- **TU ES VRAIMENT TROP CRUEL ADEL ! ME PARLER DE CAPITAINE, ALORS QUE JE N'AI PLUS DE BATEAU. SNIF ....**

- ***Bon ... bon ... Excuses-moi Crok, mais il faut te ressaisir, d'accord ?***

- Je vais essayer, ***snif***, mais je me demande comment je vais retrouver ma famille à présent.

- Ne t'inquiète pas Crok, nous trouverons une solution. Après tout, la situation est grave mais pas désespérée. N'est-ce -pas les amis ?

- Tu as raison Adel. D'ailleurs, que pourrait-il nous arriver de pire ?

- **Ça !** Cria Mobi, regardez là-bas !

- Mon Dieu, un bateau rempli d'humains !

- Vraiment Crok, tu aurais mieux fait de te taire.

- Qu'allons-nous faire Adel ?

- Aucune idée Maria, mais nous ne pourrons jamais cacher Crok dans ce petit canot, et ils s'approchent ! Ce sont des policiers, vite, couchez-vous au fond du canot.

- ***Aïe !*** Crok attention ! Tu as failli écraser ma coquille

- Mais ils vont me voir !

- Arrête de crier, tu vas attirer leur attention.

Hélas, c'était déjà trop tard. Les humains nous avaient repérés. En moins de temps qu'il n'en faut pour le dire, ils furent à notre hauteur et lancèrent un grand filet sur le canot pour emprisonner Crok à l'intérieur, ensuite ils le hissèrent à bord de leur bateau. Crok hurlait, se débattait, c'était horrible, un vrai cauchemar. Grâce à nos petites tailles, nous avions échappés aux mailles du filet, mais malgré cela, que pouvions-nous faire ? Depuis le canot je vis un des hommes, qui tenait un fusil.

- **Crok! Attention!**

- Aaaadellllll **aide-moi!** Au secouuuuuuuuuuuurs !

- **Regarde derrière toi! Ils veulent te tirer dessus!**

Quoi!

XIV- Terre

- *Non ! Crok !*

- *Oh, mon Dieu !*

- *Nom d'une chrysalide !*

Un coup de feu venait de retentir, et le pauvre Crok s'était écroulé …

~~~~~~~~~~~~~~~~~~~~

Le bateau s'éloigna, emportant avec lui notre ami, sûrement gravement blessé ou peut-être déjà mort. Chacun de nous restait pétrifié d'horreur, incapable de bouger ou de parler face à cette terrible situation. Nous nous retrouvions, seuls, abandonnés, en pleine mer avec notre chagrin. La gorge trop serrée, pour pouvoir dire quoi que ce soit, et trop accablés pour pouvoir faire le moindre geste. Nous laissions le canot dériver au gré des vagues et du vent. Au fur et à mesure que les heures s'écoulaient, le soleil se faisait plus brûlant.

- *Adel, où sommes-nous ?* Me demanda Maria.

- Aucune idée, mais même si nous savions quelle direction prendre, nous ne pourrions pas ramer, car nous sommes trop petits pour ça.
~~~~~~~~~~~~~~~~~~~~

- Qu'allons-nous devenir, j'ai soif, et je ne veux pas passer une autre nuit sur le canot, j'ai trop peur.

- Hélas, tout ce que nous pouvons faire c'est prier, pour qu'un miracle se produise. Je suis vraiment désolé Maria, je savais que ce voyage comportait des risques, et je n'aurais jamais dû t'embarquer avec nous.

- Mais non Adel, après tout, je n'étais pas obligée de vous suivre. Tu voulais juste me faire plaisir.

- Non, c'est ma faute, c'est surtout parce-que ... Maria ... tu sais ...

- Terre !

- Que dis-tu Mobi ?

- Là-bas, regardez !

- Mais oui ! Youpi ! Nous sommes sauvés !

Maria me sauta au cou, et me donna un joyeux baiser sur la joue droite. Toutes les mauvaises heures que nous venions de passer s'envolèrent comme par magie avec ce doux baiser.

- Nous sommes sauvés Adel !

- Oui Maria, c'est formidable !

- Au fait, qu'allais-tu me dire juste avant ?

- Oh, euh ... c'est sans importance. Bon, nous allons essayer de ramer. Allez, courage les amis.

Au bout de deux longues heures, épuisés, nous arrivions enfin près de la plage.

- Je pense que nous devrions laisser le canot ici, et joindre le rivage à la nage. Suggéra Maria.

- **Comment ? Mais je vais me mouiller.** Dit Mobi.

- **Et c'est encore loin.** Ajoutai-je.

- Enfin, tout de même vous n'allez pas reculer devant trois cent mètres à la nage.

- Euh ... Mais c'est que ...

- Allez, courage les garçons, en avant !

Maria venait de plonger, et s'éloignait déjà du canot.

- Ce qu'elle nage bien !

- Oui, hélas ce n'est pas mon cas, je vais avoir besoin de ton aide Mobi.

- Ne compte pas sur moi. Je déteste trop l'eau pour avoir appris à nager.

- Nom d'une chrysalide ! Nous n'allons tout de même pas nous dégonfler devant une demoiselle.

- Tu as raison Adel, courage, après tout, nous avons nos gilets de sauvetage.

- **Alors, jetons-nous à l'eau !**

Plouf ! Plouf ! Plouf !

Gloup ... Gloup ...

Au secours !

Adel... Gloup ... je coule !...

Quoi !

XV- Au centre commercial

Je dus prendre mon courage à deux pattes pour plonger au secours de cet escargot. Sa coquille l'empêchait de flotter. Heureusement que nous avions nos gilets de sauvetage, sans quoi, nous nous serions retrouvés sous l'océan à servir de nourriture aux poissons. Il ne nous fallut pas moins d'une heure pour que, tant bien que mal, nous arrivions enfin sur la plage. Maria nous attendait depuis longtemps, et j'étais vraiment embarrassé de m'être montré si maladroit devant elle. Mais je réussis à tourner la situation, à mon avantage en accusant Mobi.

- Excuse-nous d'avoir été « un peu long » Maria, mais j'ai dû aider Mobi, car il coulait et sans moi il se serait noyé.

- J'ai vu Adel, mais je pense que vous devriez tous les deux prendre des leçons de natation.

- Ah bon ? Tu crois ? Mais … c'est que, vois-tu … Autrefois, j'étais très bon nageur, mais je n'ai plus le temps de m'entraîner avec le boulot.

- Bon ! En attendant les garçons, il faut absolument trouver de quoi boire et manger rapidement, car je suis au bord de l'évanouissement.

- Alors en route !

A peine fut-on sortis de la plage, que l'on se retrouva aussitôt plongés au cœur d'une immense ville très animée.

- Regardez là-bas un centre commercial, vite allons-y !

- Attention à ne pas vous faire écraser les amis. Dit Mobi.

Arrivés à l'intérieur, il y avait toutes sortes de magasins et nous salivions devant la vitrine d'une pâtisserie. Nous nous étions glissés discrètement parmi la nourriture et déjà nous dévorions sur place. Je me croyais au paradis, après toutes ses dernières semaines passées à manger des pommes et des bananes, enfin je retrouvais mon alimentation normale et équilibrée d'américain.

- MIAM ! MIAM !

- Je jubilais au milieu des hot-dogs, hamburgers, pizzas, beignets, sodas, **Hum !** Je me demande quel est le nom de ce sandwich, il est vraiment délicieux.

- Regarde Adel, il y a l'étiquette dessus, c'est un

« Miami ».

- Nom d'une chrysalide !

Maria, cela voudrait dire que nous sommes à Miami.

- Oui Adel, finalement le destin nous a conduit là où nous avions prévu d'aller.

- Et surtout là où se trouve notre ami Crok !

- Que dis-tu ?

- Sur le bateau des policiers il y avait marqué en gros Miami. Ce qui veut dire qu'ils l'ont sûrement conduit ici.

- Tu es formidable Adel ! S'écria Maria.

- Elle a raison, car tu es le seul à avoir remarqué ce détail très important.

- Merci Mobi, mais c'est naturel, tu oublies que c'est mon métier.

- Il n'est plus question de se démoraliser, je vais tout mettre en œuvre pour retrouver Crok. Je ne fais pas partie des meilleurs détectives privés de New-York pour rien. Il ne peut compter que sur nous, alors il est hors de question de le laisser tomber, mort ou vif, nous le retrouverons !

- Oui Adel, nous sommes avec toi !

- Oui, Partons en guerre, tous unis !

- Bravo les amis, je préfère vous voir comme ça !

ALLEZ, ALLONS-Y !

UN POUR TOUS, ET TOUS POUR UN !

QUOI ?

XVI- Chez le tanneur de peaux

Le moral gonflé à bloc, l'estomac bien rempli, tels les trois mousquetaires nous partions en mission. Le devoir nous appelait, et rien n'aurait pu nous arrêter. Au cours de nos recherches à travers la grande ville de Miami, nous avions eu la chance de trouver un village peuplé en grande partie par des escargots et situé en plein cœur d'un grand parc aux abords de la ville. Grâce à Mobi-Lome (qui fort heureusement garde toujours au fond de sa coquille quoi qu'il arrive, son portefeuille et ses cartes de crédits.) Nous avions pu prendre une chambre à l'hôtel, et aussi louer une voiture, afin d'aller plus vite dans nos recherches. Ainsi donc, depuis trois jours nous avions déjà visité tous les parcs animaliers, Zoos, réserves, mais rien à faire, pas la moindre trace de Crok. Nous commencions à nous démoraliser. Nous avions appris qu'un homme qui possédait un magasin d'objets en cuir achetait tous les animaux à belles peaux et en particulier les crocodiles.

- Nous devons admettre l'hypothèse que Crok puisse avoir été tué. Il faut en avoir le cœur net, et aller voir chez cet homme.

- Mon Dieu, Adel, je ne sais pas si je vais pouvoir tenir le coup ?

- Oui je sais Maria, c'est très dur.

- Peut-être a-t-il été transporté dans le Zoo d'une autre ville ?

- C'est possible Mobi, mais pour l'instant ce magasin est notre dernière piste. **Alors allons-y, courage !**

Devant la vitrine, nous pouvions voir des sacs à main, des ceintures, des chaussures, et au-dessus, inscrit en grosses lettres ;

RICHARD CUTEUR

TANNEUR DE PEAUX

En pénétrant à l'intérieur, nous avions la sensation d'entrer dans un cimetière. **Un véritable palais des horreurs.** Tout ceci me donnait la chair de poule et je ne sais pas pourquoi, mais j'avais un mauvais pressentiment ... Au fond de l'arrière-boutique pendaient des dizaines de peaux attendant d'être transformées en objets de luxe.

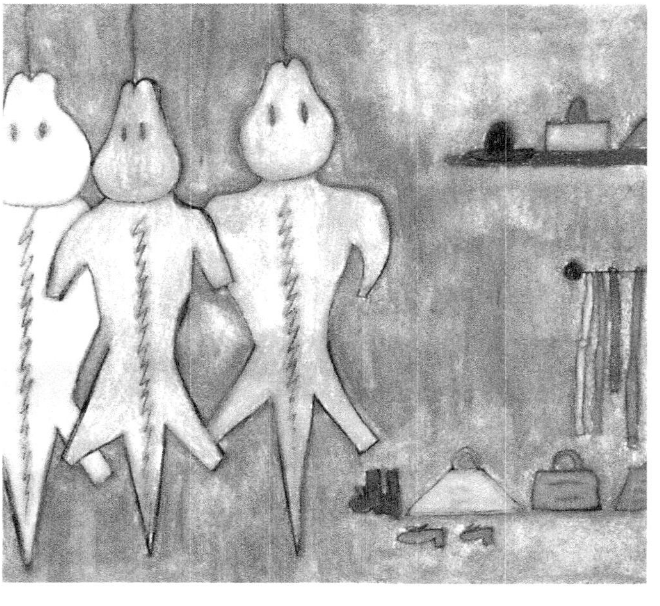

- Je n'ose pas regarder. S'écria Maria.

- **C'est un vrai cauchemar !**

- Courage Mobi, il faut s'assurer que Crok n'a pas été victime de cet horrible Tanneur de peaux.

- **Ha!**

- Qu'y a-t-il Maria ?

- *Regardez par là-bas !*

Parmi toutes les peaux de crocodiles, de couleur plutôt vert foncé, qui étaient suspendues sur le mur de droite, une, beaucoup plus claire, apparaissait.

- **Horreur, les amis!** Cette couleur vert pomme ...

- Oui hélas, à ma connaissance la seule espèce de crocodile possédant cette couleur, est celle de ... Crok ...

- Adel, alors cela voudrait fatalement dire que aaaaaah ....

- Nom d'une chrysalide ! Maria s'est évanouie.

Mais le tanneur de peaux venait d'entrer dans son arrière-boutique, et alors qu'il se trouvait à la porte, il nous aperçut au milieu de son atelier. Il se pencha vers nous en tendant la main.

- Que font ces saloperies de bestioles dans ma boutique ?

- **Au secours Adel!** Aaaaah ...

- Oh non, Maria s'est encore évanouie !

- Vite Mobi, emmène là sur ton dos par ici, moi je vais vers la droite pour faire diversion, on se retrouve à la sortie du magasin.

Hélas, le terrifiant Richard Cuteur venait de m'attraper par la peau du dos, entre ses doigts.

- **Lâchez-moi! Je vous en supplie** … Je vous assure que les sacs à main en peau de chenille ne sont pas du tout à la mode !

- Intéressantes ces couleurs. Dit le tanneur, en m'observant avec ses yeux globuleux. Ça pourrait faire un joli petit porte-monnaie.

- **Hein !** Pas question de finir dans le sac à main d'une mémé.

J'ouvris grand la bouche et d'un coup sec, je mordis dans la chair ferme de son doigt. Sous la douleur il secoua la main et me libéra.

Mais je n'étais pas encore sauvé car j'allais bientôt,

m'écraaaaaser au sol !

Non, **ouf**, ma chute prit fin dans un pot de teinture posé sur l'établi.

- Hein !

Quoi !

XVII- Surprise au Bronx Zoo

- **Oh, non !** Dans un pot de teinture,

roooUUUUUUge !

Le tanneur n'ayant pas eu le temps de voir où j'avais atterri, je me dépêchais de vite sortir de ce pot gluant et de filer vers l'extérieur du magasin. **QUELLE POISSE !** J'étais couvert de rouge de la pointe des antennes jusqu'à l'extrémité de la queue, je ne devais pas être beau à voir. Profitant qu'un client ouvre la porte de la boutique pour entrer, moi je sortis à toute allure. Maria et Mobi-Lome m'attendaient de l'autre côté de la rue.

- Les amis, me voilà !

- Aaaah ! Quelle horreur ! Mais que t'est-il arrivé ? Même ta casquette

est rouge.

- J'ai eu un incident ! Allez vite, il est préférable de ne pas traîner ici. Bon sang, ma belle casquette de base-ball, quel gâchis... En tous les cas ainsi peinturluré, je ne vais pas passer inaperçu.

- Oh, pas plus qu'auparavant...

- Que veux-tu insinuer par-là Mobi ?

- Oh rien … hi, hi...

Dès notre retour à l'hôtel, je m'étais précipité sous la douche.

Je m'astiquais depuis une bonne demi-heure, mais rien à faire, cette détestable peinture me collait à la peau comme du chewing-gum, et à force de me frotter je devenais encore plus rouge. Je me décidai donc à quitter la salle de bain et à rejoindre mes amis dans le petit salon.

- *Mon Dieu, Adel ! Tu es encore plus rouge qu'avant !*

- Oui, je sais Maria. Je préférerais ne plus en parler s'il te plaît.

- Excuse-moi Adel.

- Oh ce n'est rien … A vrai dire je m'en fiche, plus rien n'a d'importance. Notre aventure touche à sa fin et nous allons devoir nous dire adieu. Et puis surtout, il va falloir que j'annonce la mauvaise nouvelle à la famille de Crok, tout ceci me fend le cœur.

- Tu veux abandonner ?

- Il faut se rendre à l'évidence, Crok n'a pas résisté à la cruauté des humains.

Je l'avais bien mis en garde sur les dangers qui l'attendaient, il ne m'a pas écouté et je passais pour un rabat joie.

- Adel, tu as tout fait pour l'aider.

- **CERTAINEMENT PAS!** D'ailleurs tout est de ma faute, je n'aurais jamais dû mettre les pieds sur Crokîle.

- ***Bon, ça suffit comme ça Adel !***

- Comment Mobi … ?

- ***Ne discute pas !*** A partir de maintenant, je prends les choses en mains. Pas questions de te laisser tomber dans cet état, et encore moins d'aller seul au Zoo, annoncer la tragédie à la famille de Crok.

- Merci Mobi … Vous êtes de vrais amis … Snif …

La nuit qui suivit fut longue et remplie de cauchemars. Le lendemain matin, à la première heure, nous étions tous les trois à l'aéroport du village. Mobi avait loué un petit avion privé et nous attendions l'arrivée du pilote pour partir (Finalement ça avait des bons côtés d'avoir un ami milliardaire).

- Bonjour messieurs dames, je suis votre pilote personnel, j'espère que vous serez satisfaits de mes services car je suis nouveau ici, et vous êtes mes premiers clients. Je m'appelle Lulu et je viens de Sainte-Lucie.

- Ça alors ! Lulu !

- Adel !

- Vous vous connaissez ? Demanda Mobi.

- Ça oui, Lulu m'a aidé à cueillir des bananes sur son île. Quelle heureuse coïncidence.

- Bon les amis, si vous voulez arriver à New-York avant ce soir, il faut se mettre en route.

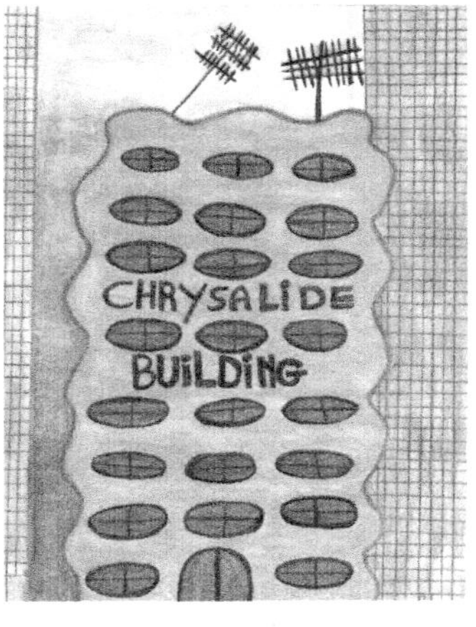

Lulu nous avait expliqué que n'ayant pas d'avenir comme pilote sur Sainte-Lucie, il était venu s'installer en Floride. Cela me faisait tout drôle de savoir que dans quelques heures j'allais retrouver mon chez moi, après toutes ses semaines d'absence.

A quinze heures pile nous atterrissions dans le Bronx-parc à l'aéroport de Cheniyork « ma ville ». Étant tout près du Zoo, la décision générale fut de s'y rendre immédiatement. Le cœur serré, on pénétra à l'intérieur et l'on se dirigea vers le quartier des reptiles.

- Attendez ! Écoutez ...

- Quoi Maria ?

- Ce doit être l'émotion mais j'ai cru entendre ... la chanson de ... Crok.

- Tu as raison, je l'entends aussi. Vite allons voir !

Nous n'en revenions pas ! Dans le petit étang qui se trouvait au milieu de l'espace réservé aux crocodiles, Crok nageait et chantait, heureux avec toute sa famille.

- Nom d'une chrysalide ! Crok est vivant, et en plus il a retrouvé les siens ! Ce n'est pas croyable !

- Crok ! Crok ! C'est nous, ouh ouh !

- Mobi, Maria ! Mes amis ! Je me suis fait tellement de soucis à votre sujet

- Crok, tu es vivant ?

- **Ben, y 'a intérêt !** *Mais où est Adel, mon pote ?*

- Bah, je suis là Crok !

En me voyant Crok me dit :

- Bonjour Monsieur !

- Mais enfin Crok, c'est moi Adel !

Tu ne me reconnais pas ?

Quoi ?

XVIII- Bravo Swing

- Adel ? Excuse-moi, je ne t'avais pas reconnu. Pourquoi as-tu changé de couleur ?

- Crok, je te raconterai tout cela plus tard. Dis-nous plutôt comment tu as fait pour arriver jusqu'ici ?

- Eh bien, les humains m'ont d'abord transporté dans un centre animalier à Miami. Ils m'ont examiné sous toutes les coutures, des personnes en blouses blanches sont venues m'observer à leur tour. J'avais vraiment **très peur**, et en plus ils voulaient me faire manger de la viande

beurrk !

- Un jour l'un d'eux m'a donné des pommes et lorsqu'ils ont vu que je me jetais dessus pour les dévorer (car j'avais très faim) ils ont sauté de joie. Deux jours plus tard, ils m'ont mis dans un avion (car j'ai pris l'avion) et je suis arrivé ici. Je n'en revenais pas, voilà qu'ils me ramenaient à ma famille. Super ! Non ! ?

- Oui, ça c'est sûr …

- Swing le singe m'a expliqué (car il comprend le langage des humains) qu'ils se sont aperçus très vite que je faisais partie de l'espèce très très rare des « Crokus Végétarius » et ils m'ont tout de suite conduit ici. Génial, non ?

- Oui bien sûr ! Mais pourtant, les policiers t'avaient tiré dessus et nous avions cru qu'ils t'avaient tué ?

- Mais non, ce n'était qu'une petite piqûre pour m'endormir.

- Vraiment, et nous qui nous sommes fait tant de soucis, nous étions si tristes …

- **Quoi ?** Mais comment êtes-vous revenus ? Et qu'avez-vous fait pendant tout ce temps ? Et qui est ce mulot ?

- **Crok, Crok !** Si tu me laissais placer une parole je …

- Excuse-moi, mais je suis tellement content de te revoir ! Et …

- **Croook !**

- Tu as vu Mobi, c'est formidable ils recommencent à se disputer.

- Tu as raison Maria, tout est redevenu normal.

Ce n'est qu'au milieu de la nuit, après avoir discuté tous ensemble pendant des heures, qu'enfin je retrouvais mon appartement du Chrysalide building. J'avais invité Maria et Mobi-Lome à dormir chez moi. Le lendemain en fin de matinée, nous étions de retour au Zoo. Sachant que j'étais revenu, Swing le petit ouistiti du gardien, m'attendait impatiemment car il avait des choses importantes à me dire.

- Adel, viens vite ! il faut que je te parle. Tiens, mais tu as changé de look ?

- Euh … oui c'est une nouveauté …

- Sacré Adel, toujours à la dernière mode. Bon allons dans un endroit plus tranquille pour discuter … Adel, je suis inquiet pour Crok et sa famille.

- *Comment, mais pourquoi ?*

- Bien sûr ils sont bien ici. En sécurité et bien traités, mais Crok ne supportera jamais de rester toute une vie enfermé dans un zoo.

- Mais que faire ? Même si nous pouvions les faire évader, il n'est pas question de risquer un autre voyage comme celui que nous venons de faire. Surtout avec six crocodiles ! Je sais que Crok avait prévu de les ramener tous à bord du Flocro, mais ceci n'est plus possible et de toutes les façons beaucoup trop dangereux.

- Ne t'en fais plus Adel. J'ai eu tout le temps de réfléchir au problème pendant ton absence. J'ai déjà mis un autre plan à exécution.

- **Vraiment ! Lequel ?**

- Tu sais que je connais le langage des humains ? Eh bien, cette nuit je me suis glissé dans le bureau du directeur du zoo, et sur une feuille de son ordinateur, j'ai réussi à y inscrire ces quelques lignes ;

Monsieur le directeur,

Pour la sauvegarde de l'espèce en milieu naturel du Crokus Végétarius, et pour une meilleure reproduction de l'espèce il serait nécessaire de réintroduire la race sur leur île d'Amazonie.

- Et j'ai signé, ***« Ministre de l'environnement. »***

Ensuite j'ai mis la lettre sur son bureau.

- Le Ministre ! Eh bien, tu n'as pas froid aux yeux !

- Pour que le plan marche bien, il faut qu'il pense que l'idée vient de quelqu'un de haut placé.

- Sacré Swing ! Malin comme un singe ! **Hi, hi, hi ...**

- Et sais-tu ce que ça a donné ?

- Eh bien, il s'est demandé comment la lettre était arrivé sur son bureau et il a tout de suite téléphoné au ministre pour en savoir plus.

- *Nom d'une chrysalide ! Et alors ?*

- Je ne sais pas ce qu'ils ont pu se dire, toujours est-il qu'une grande réunion doit avoir lieu cette après-midi même. Je vais aller rejoindre mon maître et tâcher d'en savoir plus. Va retrouver Crok et les autres et attends-moi là-bas.

Mais, ne leur parle de rien pour l'instant, car je ne voudrais pas leur donner de faux espoirs.

Quatre heures plus tard, Swing nous rejoignit enfin. Crok et sa famille s'approchèrent aussitôt pour avoir des nouvelles (car en fait tout le zoo était au courant de la grande réunion, et de la venue du ministre)

- Alors Swing, qu'est-ce qu'ils ont dit ?

- Eh bien, le grand sujet fut toi, Crok. Ils n'ont parlé que de toi !

- Vraiment, mais qu'ont-ils dit ?

- Qu'ils comptent beaucoup sur l'arrivée de ce jeune mâle,

Toi !

Pour assurer la reproduction de ton espèce.

Quoi ?

XIX- Retour en première classe

- Ce qu'ils espèrent, c'est que toi et Olivia, vous ayez bientôt des enfants !

- Quoiiiiii ... ?

- Eh bien Crok qu'est ce qui t'arrive ? Tu es presque aussi rouge que moi.

- Adel a raison, tu ressembles à une pomme trop mûre, rigola Olivia.

- Vous n'êtes pas gentils de vous moquer de moi ainsi ... de toute les façons, je n'ai pas envie de me marier, et encore moins d'avoir des enfants !

- Vraiment Crok ? Demanda Olivia, qui avait l'air bien triste tout à coup.

- **Euh ... Enfin ... pas pour l'instant**, et puis nous sommes déjà trop serrés dans ces quelques mètres carrés de jungle artificielle. Nous n'avons qu'une seule maison pour six, et il n'y a même pas un seul pommier à tailler. Quel ennui !

Vous voudriez que des enfants grandissent dans ces conditions !

MAIS QUELLE VIE ! QUEL AVENIR AURAIENT-ILS ?

- Tu as raison Crok ! Et c'est bien pour cela que vous allez très bientôt retourner sur Crokîle.

- *Que dis-tu Swing ! Mais alors, le plan a marché ?*

- Eh oui Adel, c'est incroyable mais vrai !

- Bravo Swing ! Ton idée était vraiment géniale !

- Mais quel plan ? Et par quel miracle allons-nous « si tu dis vrai » retourner chez nous ?

- Je t'assure Olivia que c'est la vérité, je vais vous expliquer.

Swing raconta à nos amis son astucieuse idée de la lettre, et comment ensuite à la réunion, après une longue discussion, les humains avaient finalement décidé que pour la sauvegarde de l'espèce, il était préférable de leur redonner leur liberté en les remettant sur leur île natale d'Amazonie.

- *Je n'en reviens pas Swing ! Tu es un vrai petit génie.*

- Merci Crok.

Crokus s'éclaircit la voix en toussant.

- Hum… hum… Si je peux me permettre d'apporter une précision, nous ne sommes pas tout à fait originaires d'Amazonie. Mon arrière-grand-père sir Crokus premier du nom, m'a souvent raconté, quand j'étais petit, comment ils ont dû fuir leur pays pour trouver un endroit moins peuplé par les humains. Je pourrais vous raconter comment ils ont …

- Euh … S'il te plaît, Crokus chéri, je crois que pour l'instant nous avons plutôt envie de fêter la bonne nouvelle !

- Excellente idée Madame Croquette, je vais aller chercher des hamburgers et des sodas.

- Oui Adel, et moi, du jus de pommes. Ajouta Maria.

- Moi, je vais acheter des crèmes glacées. Dit Mobi.

- Et moi, dit swing, des tonnes de cacahuètes !

- Bonne idée dit Lulu, je viens avec toi.

- Si seulement j'avais des feuilles de pommiers, je pourrais faire des Tartinopoms. Gémit Crok.

Plusieurs jours s'étaient écoulés depuis l'annonce de la bonne nouvelle. Chacun préparait sa valise dans son coin et surtout faisait des tas de projets ; grand-mère Crokmitaine affirmait qu'elle ferait des montagnes de pâtisseries, le petit Croquet chantait à tue-tête

« Crokîle je vais connaître Crokîle »

Crok lui, prévoyait d'agrandir sa maison pour accueillir sa famille et tous ses nouveaux amis. Il avait déjà dessiné sur une grande feuille, les plans de ses futurs travaux, et les montrait à tout le monde.

- Tu vois Adel, ici ce sera ta chambre, elle sera entièrement décorée en rose et mauve. Ici la chambre bleue pour Lulu et à droite, la plus chic, pour Mobi-Lome bien sûr...

- **Les amis, écoutez-moi !** S'écria Swing, en arrivant très vite l'air affolé. J'ai vu vos billets d'avions, vous partez demain matin à la première heure ! Que dites-vous de cela, un vrai voyage en première classe.

- Demain matin ! S'écria Olivia. Mais c'est horrible, je n'aurai jamais le temps de faire ma mise en plis !

- Ta mise en

Quoi ?

XX- Vivent les mariés

A l'arrière de l'avion les six crocodiles s'entassaient dans une grande cage de métal. Maria et moi nous étions glissés à l'intérieur avec eux. Swing s'était lui aussi arrangé pour faire partie du voyage. Mais contrairement à nous, il était confortablement installé à l'avant. Mobi-Lome de son côté avait préféré reprendre son avion privé piloté par Lulu.

- Ne faites pas cette tête là les amis, nous serons bientôt arrivés sur votre île, dit Maria.

- Vous parlez d'un voyage en première classe, vraiment nous sommes serrés comme des sardines. Gémit Crokus.

- Eh bien moi, puisque nous avons quelques heures devant nous, je vais en profiter pour mettre à jour mon journal de bord.

- Adel, tu as encore ce **truc ?**

- Le journal de bord n'est pas un **truc**, mais un livre qui contient de **précieuses informations**, Monsieur Crok.

- Je pouvais comprendre que tu le tiennes à jour lorsque nous avions un bateau, mais à présent ?

- A présent nous sommes à bord d'un avion.

- Ah ! Ah !

- Je ne vois pas ce qu'il y a de drôle ?

- Alors toi, dès que tu es à bord de quelque chose, tu te mets à écrire, drôle de maladie …

- Puisque tu te moques de moi, je vais m'installer plus loin ! Au revoir.

- Adel, ne te vexe pas, je disais ça pour rire.

Je m'étais trouvé un endroit plus calme pour écrire. Maria m'y rejoignit aussitôt.

- Adel, tu es fâché ? Vous ne pouvez pas vous empêcher de vous disputer. Enfin ... les vrais amis sont toujours comme ça.

- Oui, c'est vrai Maria … Je crois aussi que je suis énervé à l'idée que nos routes vont bientôt se séparer.

- Tu pourras retourner voir Crok de temps en temps ?

- Oui bien sûr. Et **nous**, nous reverrons nous ?

- Eh bien, je pense qu'il est temps pour moi aussi de retrouver mon île … vous allez beaucoup me manquer …

- Maria, tu peux être sûre que tu vas me manquer énormément. Tu sais, je voulais te dire quelque chose d'important, mais je n'ose pas ...

- ***Adel, je t'assure que tu devrais me le dire !***

- **Tu crois ?** Eh bien voilà …

Au même instant, Swing arriva en s'écriant.

- Les amis, nous arrivons, nous sommes en train d'atterrir !

Une demi-heure plus tard, les humains déposaient la cage aux crocodiles à terre. **Nos amis allaient enfin être libres !**

J'allais descendre à mon tour de l'avion, mais Maria m'attendait devant la porte.

- *Adel ! Nous ne sortirons pas, tant que tu ne m'auras pas dit cette chose importante.*

- Très bien …

Cet instant était décisif. Je pris le temps de m'agenouiller devant maria, puis d'éclaircir ma voix en toussotant, et enfin j'inspirai à fond avant de lui demander ;

- Maria … veux-tu m'épouser ?

- Oh Adel !

J'avais très peur de la réponse, et surtout de m'être montré idiot. Maria se jeta à mon cou.

- Adel, je pensais que tu ne te déciderais jamais !

- Est-ce-que ça veut dire oui ?

- Bien-sûr, oui Adel, avec joie.

Ouf …

Quelques heures plus tard, après que les humains soient repartis, tout le monde s'était précipité au verger, et miracle il y avait des kilos de pommes bien mûres. Ils étaient tous tellement heureux. Croquet lui était un peu triste, car il avait dû dire adieu à son meilleur ami Swing, qui était reparti pour le Bronx-zoo.

- **Les amis, écoutez !** Maria et moi avons une grande nouvelle à vous annoncer. **Nous avons décidé de nous marier**, et on est très heureux.

- C'est extraordinaire ! S'exclama Madame Croquette. Nous allons faire une grande fête en l'honneur de votre mariage et de notre retour sur Crokîle.

- Oh, regardez là-bas ! Il y a un bateau qui arrive.

- Ouh ouh ! C'est nous !

Le bateau venait d'accoster sur notre île, et surprise, c'était Lulu et Mobi-Lome.

- Nous voilà les amis, nous avons pris du retard car j'ai pris le temps de faire des achats en route. Crok, j'ai le plaisir de te présenter ton nouveau bateau le **Flocro 2**

- Mobi, c'est vraiment très généreux de ta part ! Cela me fait un immense plaisir... Il est magnifique. Répondit Crok, les larmes aux yeux.

- Et à l'intérieur, il y a des tonnes de provisions, de quoi faire un super repas tous ensemble pour fêter votre retour ici.

Le soir venu, nous étions tous réunis autour d'une grande table, pleine de bonnes choses. Lulu qui avait un accordéon, mit une ambiance du tonnerre en faisant danser tout le monde. Olivia qui dansait avec Crok, lui demanda au creux de l'oreille ;

- Tu sais Crok, nous aussi nous devrions y penser ...

- **A quoi?**

- Eh bien, mais à nous marier !

Quoi !

Fin

Retrouvez les différentes aventures de la collection Croque la pomme :

Les aventures de Mister Crok
Le fils de Mister Crok
Mister Crok au pays des châteaux hantés
Lady Crok ô Sel

Prochainement retrouvez la suite des aventures de Crok et ses amis,

avec l'arrivée d'un nouveau personnage...

Merci à quelques amis, qui se reconnaîtront, pour leur aide,

à ma tante, et à Alain.

Venez nous rejoindre sur Facebook :

https://facebook.com/mistercrok

https://vegaisabelle2.wixsite.com/mister-crok

Printed by Amazon Italia Logistica S.r.l.
Torrazza Piemonte (TO), Italy

49790753R00071